經典
少年遊

009

三言
古今通俗小說

Three Words
The Vernacular Short-stories Collections

繪本

故事◎王蕙瑄
繪圖◎周庭萱

宋朝時，有個做生藥店鋪主管的年
輕人，叫許宣。因為父母雙亡，跟
姐姐、姐夫住在一起。

這一天下起了傾盆大雨，許宣正要搭船回家，卻聽見有人在岸邊叫喚：「船家！可以讓我搭個船嗎？」許宣一看，原來是一個白衣婦人帶著青衣丫鬟，眼看大雨就要淋溼她們倆，許宣趕緊讓她們上船。

船上，許宣與白娘子相談甚歡，為了怕她們淋溼，許宣還為她們借傘，自己卻淋雨回家。當天晚上，許宣忍不住想念白娘子的美貌和溫柔。想了一個晚上，第二天，他立刻藉著拿傘的理由，去看望白娘子。

得知寡婦白娘子也很喜歡許宣以後，兩人口頭締定了婚約，因為許宣沒有家產，白娘子便拿銀子給他置辦婚事。回到家，許宣向姐姐姐夫說明婚事，不料姐夫一看見銀子，就大喊一聲：「不好了！」

原來，那五十兩銀子竟是官家失竊的，姐夫在官府做事，不敢隱瞞。許宣只好招認是白娘子給他的。縣太爺派人到白家，卻是一片廢墟，哪裡有美貌的白娘子？大家都認為是妖怪，許宣還被判決去蘇州做工。

雖然已經從輕發落，許宣仍然心情不好，在蘇州半年後，忽然又遇見了白娘子與青青。白娘子委婉解釋銀子是前夫留下的，她並不知情。許宣寄宿的人家聽說他們有婚約，便勸和兩方，為他們主持婚禮。

婚後半年，許宣碰見一個說他頭上有黑氣的道士，指出他身邊有妖怪。許宣半信半疑，晚上燒符時驚動了白娘子，白娘子氣他說自己是妖怪，第二天當著眾人的面，她不但把符吃了，還變了個戲法懲罰那個道士。

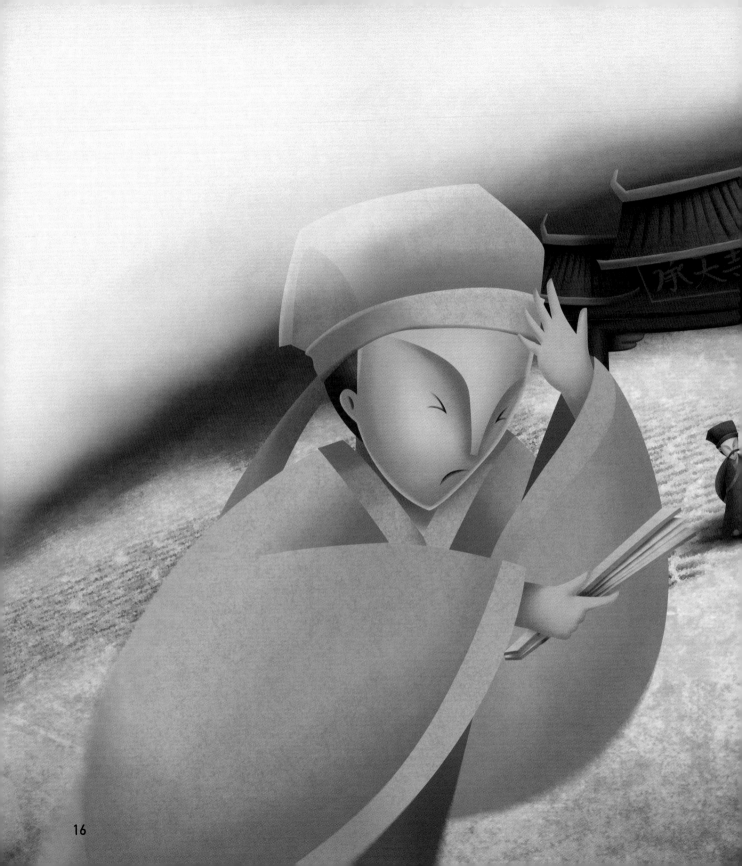

許宣不敢再懷疑妻子，此後夫妻感情逐漸又好了起來，許宣平常吃用及穿衣打扮，都是白娘子一手打理。沒想到，佛誕日這天，許宣穿著新衣去寺廟禮佛，又被認作小偷捉了起來！

這次是衣物失竊事件，許宣第二次吃上官司，可是白娘子和青青又不見了！大家再度懷疑她們是妖怪出來害人。許宣沒辦法，又被判去鎮江做工。

還好，許宣的姐夫聽說了此事，
幫他在鎮江安排了工作，在一個
李員外家的生藥鋪做事。

20

不久，白娘子也來到鎮江，向許宣解釋那天失蹤的原因。許宣原本很生氣，但見她溫言軟語的懇求，終於還是接納了她，還帶她去拜見主人李員外。

23

這個李員外什麼都好，就是太好色，一看到美貌的白娘子，就藉口自己生日，同時慶祝他們夫妻團圓，要請吃飯。白娘子知道他不懷好意，便趁李員外要占她便宜的時候，嚇李員外一跳！

白娘子怕李員外說出自己的真相，便找個理由，出錢要許宣搬出來，自己開生藥鋪。李員外早嚇壞了，根本不敢聲張。於是許宣夫婦又過了一段平靜快樂的日子。

這天， 白娘子聽說許宣要去金山寺燒香， 便要他答應三件事：「不去見方丈」、「不跟和尚說話」、「燒完香就回來」。 許宣一一答應了。 可是，許宣一到金山寺， 就忍不住好奇， 想去看方丈法海說法。

法海禪師遠遠見到許宣，就看出異狀，沒想到許宣一下子就被人潮沖散，法海禪師連忙追出來。此時，許宣已經走到岸邊等船，當時風浪極大，沒有船可以通行，可是對面卻飛快來了一艘載著白娘子和青青的船！

白娘子喊許宣上船，卻聽見法海禪師大喝：「業畜做什麼？」白娘子嚇了一跳，和青青翻進水裡逃走了。法海禪師認定白娘子是法力高深的妖精，要許宣趕緊逃回杭州老家。

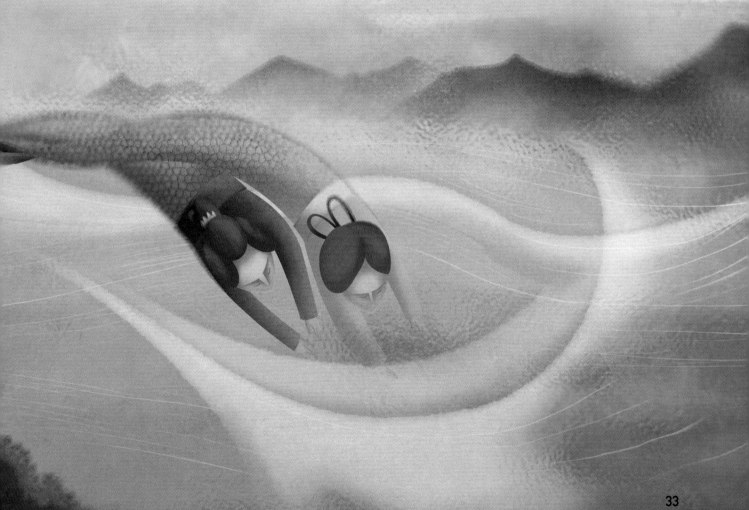

沒想到，白娘子早已在姐夫家等待許宣。許宣害怕她可能是白蛇精，和姐夫私下找一位抓蛇人來抓白娘子。抓蛇人不是白娘子的對手，白娘子氣許宣不念舊情，與他吵了起來。許宣便偷偷的去找法海。

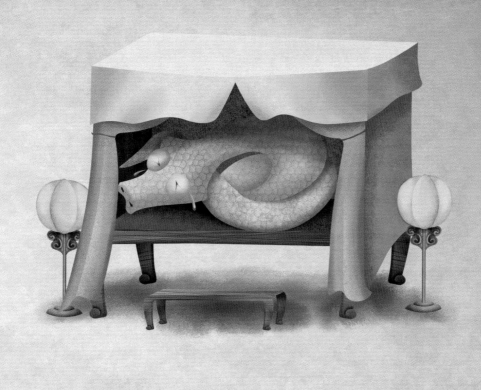

法海給許宣一個缽盂，教了他辦法。許宣回家後，趁白娘子不注意，從她背後頭頂往下罩，果然，美貌的白娘子當場消失。許宣更用力下壓，卻聽見白娘子說：「多年夫妻，你難道一點情分都不顧嗎？」

此時，法海來了，口中念著咒語，揭起鉢盂，只見一個像手掌般大小的白娘子，跪在桌上求情：「禪師，我原是一條大蟒蛇，只因愛上許宣，與他結為夫妻，並不曾殺人害命呀！請禪師憐憫！」

法海搖頭，認為妖精終究不能和人在一起，接著又念咒，將青魚化身的青青抓來，把兩個妖精一同鎮壓在雷峰寺前，堆砌成「雷峰塔」，塔上貼符鎮壓：「西湖水不乾，雷峰塔不倒，妖精永遠被鎮壓。」

三言
古今通俗小説

讀本

原典解説◎王蕙瑄

馮夢龍是明朝著名的通俗小說家，他的作品受到大眾讀者喜愛，甚至流傳國外。與他的創作相關的人物有哪些呢？

馮夢龍（1574～1646年），明朝文學家、戲曲家。他早年參加科舉考試，屢試不中，後來改以教書為生。晚年專心投注在小說創作及戲曲整理研究工作上。他筆下的故事強調人物情感，語言親切通俗。小說作品有《喻世明言》、《警世通言》與《醒世恆言》，合稱《三言》。

馮夢桂，號若木，馮夢龍的哥哥，擅長書法與繪畫，可惜作品多半已失傳。馮夢熊，馮夢龍的弟弟，詩人，著有《馮杜凌詩》。馮氏三兄弟當時居住在吳縣地區，各個都非常有才華，人稱「吳下三馮」。

原名François Xavier d'Entrecolles，法國天主教耶穌會士。十八世紀初來華傳教，對於景德鎮瓷器有專門研究。他曾將〈莊子休鼓盆成大道〉、〈懷私怨狠僕告主〉等共四篇馮夢龍的小說譯為法文，是目前所知中國小說最早的外文翻譯。

馮夢龍

相關的人物

馮夢桂 馮夢熊

殷弘緒

李贄

TOP PHOTO

李贄（上圖），字卓吾，明朝思想家與文學家。他首先開始評點白話小說，把小說批評與社會批評結合。他在思想上也有獨到的見解，反對八股文和主流的程朱理學。馮夢龍對許多白話小說的批評深受李贄的影響。

魏忠賢（右圖）是明朝末年的宦官，也是閹黨的首領，仗著龐大的勢力，
傷害許多與他政治理念不合的人。他逮捕了他的政敵周順昌，也迫害到
馮夢龍，促使對政治失望的馮夢龍發憤著書，而有《三言》的產生。

魏忠賢

凌濛初

明代文學家、雕版印書家。他一生著述眾
多，最著名的作品是《初刻拍案驚奇》、
《二刻拍案驚奇》，與馮夢龍作品合稱「三
言二拍」，為中國短篇白話小說的代表。
他在自己的書中序文曾表示，他作品中關
懷社會的觀點是受到馮夢龍的影響。

抱甕老人

真名不詳。由於「三言二拍」分量太重，不容易買到而且版本
良莠不齊，於是抱甕老人將其中四十篇佳作選出來，編成《今
古奇觀》一書，受到讀者歡迎，而這個版本也流行至今。

馮夢龍不只用寫作表達對民眾生活的關心，正好處在東林黨爭與明清交替時代的他，對於政治也常感憂心。

1574 年
馮夢龍誕生於明朝末年，時間上正好呼應了西方重新閱讀古典文獻、發明透視法繪畫、進行教育改革的文藝復興時期。此時期的中國也出現許多與傳統不同的文學家和哲學家，專注於通俗文學創作的馮夢龍就是其中之一。

出生

相關的時間

《三言》
刊行

1624 ～ 1627 年
馮夢龍屢次科舉不中，加上朝廷東林黨爭正鬧得激烈，互相施展排除異己的手段，馮夢龍也遭受迫害，因而愈加埋頭編纂著述，於此時刊行了《三言》，共一百二十篇短篇小說。左圖為〈金海陵縱欲亡身〉插圖，出自《醒世恆言》第二十三卷。

1626 年

東林黨是明朝末年以江南官員為主的政治集團，後來與閹黨及其他政治派別屢屢產生權力鬥爭。東林黨主張開放評論政治、實行政策改革等，雖得到不少支持，卻也引起其他臣子和宦官的激烈反對。1626 年，東林書院被拆毀，楊漣、左光斗等著名東林黨人都遭殺害，馮夢龍也被牽扯其中。

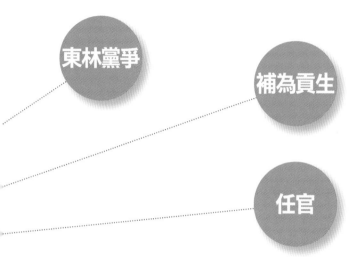

東林黨爭

補為貢生

1630 年

馮夢龍雖然博學多聞，也具有文學創作方面的才華，但是接連許多次科舉失利，功名利祿之途受阻，只能在民間教書，直到五十七歲時才被朝廷補為貢生。

任官

1634 年

馮夢龍五十七歲補為貢生之後，在六十一歲時被任命為福建壽寧知縣。當時福建壽寧盛行溺死女嬰的不良風俗，馮夢龍親自發布〈禁溺女告示〉，反對重男輕女，認為男女皆為親生骨肉，可見馮夢龍對弱勢女性的關懷。

甲申之變

1644 年

從民間發動亂事的李自成，在這一年的一月，率領五十萬名士兵進攻北京城，當時崇禎皇帝眼見無法對抗，便在景山上吊自殺。明將領吳三桂引清兵入關，明朝滅亡，歷史上稱為「甲申之變」。馮夢龍對這件事感到相當悲痛，曾寫《甲申紀事》希望復興明朝。右圖為吳三桂像。

過世

1646 年

馮夢龍身處明清兩個朝代交替的殘酷亂世中，他曾努力宣傳抵抗清兵，並寫了《中興偉略》，希望能夠復興明朝，但最後仍然失敗。有的人認為馮夢龍是因為抗清不成功，憂鬱而死；有的人則認為他是被清兵所殺。

馮夢龍在他精心編纂的《三言》故事集中，不但細細描繪了明朝都市風景與民情風俗，還歷歷展現了眾生百態。

馮夢龍從宋、元、明朝眾多的話本中，選取最受歡迎的故事，編輯成三本小說集：《喻世明言》、《警世通言》、《醒世恆言》，共一百二十篇，合稱《三言》。《三言》的故事類型多元，主要傳達馮夢龍對基層民眾以及弱勢女性的關心。下圖為《醒世恆言》古籍，中國國家圖書館藏。

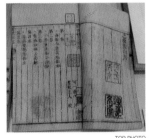

TOP PHOTO

花魁是指花的首席或第一。評定花魁的方法並不一定，主要依照文人的喜愛程度而定。花也象徵外表非常出眾的美人，《醒世恆言》中〈賣油郎獨占花魁〉的美娘，就是臨安著名花魁。

三言

相關的事物

花魁

徽商

相士

在明朝通俗小說中，常提到徽州商人，可能是與徽州商人多在早年便外出經商，以及徽商在明朝大量興起有關。《喻世明言》中，許多故事都提到徽州商人愛慕美女或貪圖女色。〈蔣興哥重會珍珠衫〉中的陳大郎，便是明朝這類的徽州商人典型代表。

相士是懂得命相、幫人算命的人，在小說中往往能推動故事情節發展並增加小說吸引力。他們的形象複雜，可能會以讀書人或僧尼道士的形象登場。例如在《喻世明言》的〈裴晉公義還原配〉、〈臨安里錢婆留發跡〉等故事中，都有相士身影。

「賣油郎」指賣油的人。明朝商業興盛，各行各業都有，《三言》中〈賣油郎獨占花魁〉，描寫的是身分懸殊的賣油郎與著名交際花的戀愛故事，當時賣油郎一年的工資大約是二十兩，但故事中描寫見花魁一個晚上就需要三百兩。下圖為十九世紀賣油郎賣油的市井場景。

TOP PHOTO

賣油郎

市民文學

市民文學是描寫市民社會生活的故事。明朝商業貿易興盛，市井階層興起，人們在物質需求之外也開始注重精神生活的滿足，因而促使從宋朝開始發展的市民文學在明朝時達到高峰。

騙術

指騙人的方法。《三言》中也收集了許多與騙人相關的故事，例如〈喬太守亂點鴛鴦譜〉中男扮女裝的騙術，〈勘皮靴單證二郎神〉中假冒神仙的騙術等。馮夢龍另一本著作《智囊補》中的〈雜智〉，也收錄許多明朝流行的騙術。

馮夢龍是都市文人，他將所見所聞化作《三言》中豐富的都市文化，讓書中男女在不同的城市中相遇。

馮夢龍出生於蘇州。蘇州位於長江三角洲與太湖平原的中心地帶，是具有四千多年歷史的中國古城。由於地理位置優越，蘇州曾是歷代軍事家爭奪的地方，例如三國東吳的孫權，以及元末的張士誠等。

壽寧縣位於福建的東北部，境內多山，其中「南山」是福建出名的夏季避暑勝地。馮夢龍曾擔任壽寧縣的官員，改革當地的不良風俗習慣。他閒暇之餘，也經常登上南山頂，因此南山上至今還有馮夢龍的紀念塑像。

蘇州

壽寧南山

相關的地方

華山

廣州

TOP PHOTO

華山位於陝西省，又稱西嶽，以山勢奇險著稱，與北嶽恆山、中嶽嵩山、南嶽衡山以及東嶽泰山合稱為「五嶽」。相傳華山為神仙陳摶老年時的修行場所，《喻世明言》的〈陳希夷四辭朝命〉，就是描寫陳摶的故事。上圖為華山蒼龍嶺。

位於中國東南方沿海的廣州，因為地利之便，很早就成為主要的商業城市。在《三言》的故事中，有許多角色經營商業貿易，反映元明時期中國商業發展的特色，廣州正是當時重要的商業都市之一。《喻世明言》中〈蔣興哥重會珍珠衫〉的主角蔣興哥，就是廣東珠寶商人。

虎丘位於江蘇，又被稱作「吳中第一名勝」，據說春秋時期的吳王闔閭就葬於此處。虎丘風景優美，《警世通言》中〈桂員外途窮懺悔〉的山水觀音殿就建在此地。

虎丘

鎮江

江蘇省鎮江位於長江與京杭運河交匯處，是吸引許多文人參觀的旅遊勝地，也是商業貿易聚集地。《醒世恆言》的〈張廷秀逃生救父〉、《警世通言》的〈白娘子永鎮雷峰塔〉等故事皆提到鎮江，是《三言》中經常出現的地點。

雷峰塔

TOP PHOTO

位於杭州夕照山雷峰頂上的雷峰塔，因白娘子與許仙的傳說而出名。《警世通言》中的〈白娘子永鎮雷峰塔〉，白娘子被法海收伏，鎮壓在雷峰塔下。此塔於公元 975 年建造，明代曾遭火焚，燒去部分建築。

三言

　　〈白娘子永鎮雷峰塔〉是收錄在《警世通言》中的一篇小說，因為是模仿說書人說故事，所以用「話說」作為故事的開頭，前面也常引用詩句佐證，像是「隱隱山藏三百寺，依稀雲鎖二高峰」這兩句。有時還會另外說幾個短篇的故事，吸引聽眾的注意。

　　〈白娘子永鎮雷峰塔〉開頭大約用了四百個字來閒聊關於西湖的歷史故事和神仙傳說，只是為了鋪陳這個故事發生在西湖的背景，說話人用「說話的，只說西湖美景，仙人古跡」這一句來做個轉折，接著便開始介紹故事的主角。

　　故事發生在西湖畔，平凡老實的男主角許宣和美貌寡婦白娘子相遇，促成一段姻緣，中間發生了許多匪夷所思的事件，最後真相大白，白娘子原是一條法力高深的大蟒蛇！白娘子和青魚精化身的丫鬟青青，最終一起被法海禪師鎮壓在雷峰塔。

　　《警世通言》是明代馮夢龍所編的一部「話本」總集，另外還

真乃：隱隱山藏三百寺，依稀雲鎖二高峰。說話的，只說西湖美景，仙人古跡。俺今日且說一個俊俏後生……——《警世通言·白娘子永鎮雷峰塔》

有《喻世明言》和《醒世恆言》，合稱為《三言》。編者馮夢龍是明末清初江蘇吳縣人，《三言》當中有很大比例是他自己的創作，收集而來的小說也經過了他的整理與加工。

「話本」是短篇小說，就是說書人所用的底本。「說話」是宋代開始流傳於民間的技藝，也是市井小民的重要休閒生活之一。

《三言》裡的作品富有現實主義精神，特別表現出當時平民階層的情感與意識。像是平常認真生活的老實人許宣，憑空出現一個貌美如花的妻子，滿足了一般平民庸碌生活的想望，卻又同時在故事末了，點出白娘子終究是妖精的事實，教導人們不要被美色所惑。

若把故事放在現代，就是寓意著「天下沒有白吃的午餐」。一個萍水相逢的美女突然毫無理由的要送你財富珠寶，絕對有問題。《警世通言》何嘗不是在警示世人，防人之心不可無！

西湖水乾，江湖不起，雷峰塔倒，白蛇出世。

——《警世通言‧白娘子永鎮雷峰塔》

〈白娘子永鎮雷峰塔〉的故事，歷來流傳演變了很多版本。在《警世通言》以前，白娘子的形象沒有那麼完整，故事內容大多是在講妖精變身為美女，誘惑男子。大部分妖精的獸性未除，引誘男子是為了口腹之慾，或者為了傳宗接代，生了孩子往往不知所蹤。

但是到了《警世通言》中的〈白娘子永鎮雷峰塔〉，作者加強描繪白娘子的外貌和個性，在一出場的時候，一個素白絹衣、飄然若仙的美貌女子形象，從此奠定了白蛇故事裡白娘子的樣貌。而她的個性機伶古怪，不但哄得許宣團團轉，還害許宣吃上官司——如果她沒有讓許宣花用官銀和穿戴偷竊而來的服飾的話，也許就不會傷了夫妻的和氣，許宣也不會一再懷疑她了。

故事最後，在白娘子向法海禪師求情的時候，說出自己其實深愛許宣，所以情不自禁人妖相戀，她雖然行事古怪，但是她「並不曾殺生害命」。

　　可惜，這個故事裡的許宣害怕妖怪的心，勝過他對美色的迷戀，而法海禪師剷除妖精的意志又太堅定，所以才有「西湖水乾，江湖不起，雷峰塔倒，白蛇出世」的偈語。

　　「異類相戀」的情節引人入勝，白娘子的美貌和妖精的內在衝突也讓人津津樂道，後代改編的小說和戲劇非常多，例如廣為人知的「白素貞」，就是後代為強化她的形象而取的名字。連她與許宣的愛情，也添加了五百年前的因緣際會。白素貞的法術逐漸被細緻描寫，甚至衍生了白娘子與法海禪師鬥法——水淹金山寺的精采情節。而〈白娘子永鎮雷峰塔〉裡法海禪師壓鎮雷峰塔的四句偈語，更被賦予意義，最讓人津津樂道的，便是白娘子水淹金山寺後還力竭產子，後來這孩子考上狀元，親自來雷峰塔解救娘親的團圓結局。

白娘子

這則故事到了最後，白娘子對法海禪師討饒時，她才終於承認自己是「大蟒蛇」妖精變化成人。這讓讀者在閱讀中得到推理的趣味，逐步揭開白娘子的妖精身分。

白娘子剛出場的時候，說著：「奴家是白三班白殿直之妹，嫁了張官人……往墳上祭掃了方回。」這是表示自己家世單純，以及說明自己的寡婦身分。她的住處有清楚的地址，像是「箭橋邊，雙茶坊巷口，秀王牆對黑樓子高坡兒內住」；還有漂亮整齊的樓房，如「當中掛頂細密朱紅簾子，四下排著十二把黑漆交椅」。一個有錢又美貌的寡婦，出身清白，還主動拿錢想要嫁給許宣，對許宣來說，真是一段天上掉下來的好姻緣！

這場愛情姻緣始於清明時節一場綿綿不絕的大雨。

雨天渡河，三人乘坐同一艘船，正所謂「十年修得同船渡，百年修得共枕眠」，白娘子對法海解釋自己是「春心盪漾，按捺不住」。其實，從兩人相遇那天，許宣不計

我是一條大蟒蛇，因為風雨大作，來到西湖上安身，
同青青一處。不想遇著許宣，春心盪漾，按捺不住，
一時冒犯天條，卻不曾殺生害命。

——《警世通言·白娘子永鎮雷峰塔》

較船錢，又特別借傘讓她們主僕帶回，自己卻淋雨回家，這樣的表
現，看在白娘子的眼裡，是既細心又善良的。

也是因為許宣老實人的性格，白娘子不但拿錢給他辦婚事，婚
後「日逐盤纏，都是白娘子將出來用度」，還操持家務、打扮許宣，
替他籌劃開店做生意。種種言行，都可以看到白娘子表現出傳統女
性一心為丈夫打算的樣貌。

那麼，如果白娘子真的沒有要害人，只是為了想跟許宣在一起
的話，卻為何又讓許宣吃了好幾次的官司呢？

其實，白娘子和青青還未能脫妖精野獸的本性，無法完全遵守
人間的規矩。她們使用法術挪移錢財，卻不知道會惹上麻煩，所以
接連發生的兩次官司，她們都避而遠走，過一陣子再出現請求許宣
的原諒。而許宣的軟心腸，也一再原諒了她們兩人的行為。

我如今實對你說，若聽我言語喜喜歡歡，萬事皆休；若生外心，教你滿城皆為血水，人人手攀洪浪，腳踏渾波，皆死於非命。

——《警世通言‧白娘子永鎮雷峰塔》

　　許宣一向對妻子言聽計從，但是自從見過法海禪師以後，白娘子的妖精身分呼之欲出，許宣看到美貌的妻子再也不是「情意相濃、朝歡暮樂」，而是「心中慌了，不敢向前」，朝著白娘子就跪下去，求她饒自己一命。

　　白娘子這一次也不再陪笑解釋，她一改之前的溫柔，先動之以情，說自己夫妻多年，一向和睦，再指出許宣耳根子軟，容易聽信別人的話，最後威之以勢，以滿城居民的性命威脅許宣。

　　與先前道士燒符事件不同，這次白娘子因為知道自己敵不過法海禪師，乾脆向丈夫攤牌，撕破了臉，威脅要滿城的人都死於非命。膽小老實的許宣聽了當然害怕，但若把故事

從頭到尾思考一遍，我們可以發現，白娘子除了兩次害許宣莫名其妙吃上官司之外，幾乎找不到她有意傷害人的證據。

白娘子第一次生氣，是因為許宣主動懷疑白娘子，半夜燒符。但是白娘子只是用小法術嚇嚇那個道士，巧妙的掩飾了自己的身分，並沒有害人；後來李員外對白娘子見色起意，白娘子也只悄悄的現出自己的原形、嚇李員外一跳。甚至乾脆和許宣一起搬走，免得露出馬腳。

而許宣兩次吃官司遠走他鄉，白娘子都追上來重圓夫妻之緣，她既不圖許宣的錢財，也不像一般妖精故事裡的妖怪那樣，汲取人類的生命力來修煉。她對許宣溫言軟語，做足一個妻子的本分。如此看來，白娘子是真心想和許宣在一起。以她法力之高強，她所威嚇的滿城性命，不是不能做到，而是她根本不想這麼做。

後代戲曲中的白娘子和法海大鬥法，使得「水淹金山寺」，大概就是從話本中白娘子所說的這一段話轉化而來。

許宣

　　生藥店就是傳統的中藥店。許宣沒有父母，與姐姐、姐夫住在一起，又在親戚家的藥鋪做主管，無論在生活或是工作上，都看到他守本分、認真的一面，既沒有心機占人便宜，也不懂得積聚財貨。正因為他的性格這樣單純，遇上聰慧靈巧的白娘子，便更容易被牽著鼻子走，被說服，甚至遭到欺騙。

　　故事裡，許宣總共吃了兩次官司。第一次是因為美色迷惑，自以為和白娘子情意相投，不問緣由就收下來歷不明的金錢想要辦婚事。他的姐夫在官府做事，正好在處理丟失官銀的案子，擔心「知而不首，及窩藏賊人者，除正犯外，全家發邊遠充軍」，只好帶著許宣去自首。大堂上，許宣立刻供出白娘子，雖然這是許宣老實，卻顯得許宣只是喜歡白娘子的美貌，並沒有深厚的感情基礎。

　　第二次官司是因為衣服配飾。白娘子打扮許宣出門遊玩，整身

他爹曾開生藥店。自幼父母雙亡，卻在表叔李將仕家生藥舖做主管，年方二十二歲。

——《警世通言‧白娘子永鎮雷峰塔》

衣服卻都是別人家丟失的贓物。許宣一聽說是贓物，到了蘇州府大尹面前，他便承認「小人穿的衣服物件皆是妻子白娘子的」，讓衙役去抓白娘子。這時許宣已經跟白娘子結婚半年多，感情一向是「如魚得水、夫唱婦隨」，但他身為一個丈夫，遇到危難時卻沒有維護妻子，不免呈現膽小怕事的一面。

當許宣夫婦第二次和好後，許宣帶白娘子去拜見他的老闆李員外及其家人，卻不知這個李員外年紀一大把了，還非常好色，一看到白娘子就想要占她的便宜，因此安排了生日宴會，想要調戲白娘子。這時，故事第一次描繪了白娘子的本相，是一條「吊桶來粗大白蛇」！李員外當然嚇壞了，但是當白娘子告訴丈夫的時候，許宣的反應卻是「只得忍了」，比起白娘子勇於反抗、爭取的態度，許宣的懦弱與怕事展露無遺。

許宣接了符，納頭便拜，肚內道：「我也八九分疑惑那婦人是妖怪，真個是實。」謝了先生，逕回店中。

——《警世通言‧白娘子永鎮雷峰塔》

　　許宣是從什麼時候開始懷疑白娘子的呢？早在他第一次吃官司的時候，眾人從官銀不翼而飛的狀況及白娘子住處的荒涼景象，皆一致認定只有妖怪才能做出這樣的事情來，這在許宣心中埋下「妻子可能是妖怪」的心結。雖然他一見到白娘子的美貌溫柔就心軟臣服，但若出門聽別人說些什麼，就又開始懷疑妻子。

　　例如，在承天寺遇見終南山道士，被道士指出自己頭上有一道黑氣，必有妖怪纏身，許宣心裡就想，自己也八九分疑惑白娘子是妖怪，就像他自己寫的詩：「平生自是真誠士，誰料相逢妖媚娘！」那般感嘆。

　　其實，如果他真的不相信自己的妻子，大可在重逢時不接受成親。但他卻沉迷於美色，加上容易心軟，縱然疑心

白娘子是妖怪，也寧願冒險享受她的溫柔。

　　許宣第二次吃官司以後，更加強了他不相信白娘子的印象。然而，他卻又再一次在白娘子出現的時候，被色迷了心膽，輕易妥協與白娘子言歸於好。

　　害怕妖怪與沉迷溫柔，在許宣心裡產生了矛盾，最後，當高僧法海禪師說破白娘子身分的時候，許宣一點也沒有遲疑的回身，看著和尚拜求說：「告尊師，救弟子一條草命！」

　　這樣看來，這個男主角真是太過窩囊。不過，許宣老實善良卻是不可否認的。他工作認真、誠實心軟，又喜歡布施出家人，親近佛法。後代許多版本，往往添加許宣具有佛緣慧根，甚至說許宣前世也是出家修行者的情節，大概就是從這個版本中，許宣喜歡親近佛法的言行而來。

　　而從許宣去保叔塔超渡祖先、去承天寺看臥佛、去金山寺布施聽佛法，不但可以看到許宣對宗教的虔誠景仰，也可以由僧人道人行腳的頻繁，看到在南宋時期，蘇州、杭州一帶佛教與道教的興盛景況。

法海禪師

　　法海禪師是金山寺的方丈，金山寺是鎮江有名的佛寺，從許宣的藥店到金山寺，必須搭船渡江。

　　白娘子曾阻攔許宣布施給金山寺的和尚，又不太同意他去金山寺燒香，最後還要他答應三件事，才讓他去金山寺。以白娘子的法力，想必已經預知金山寺裡有自己也難以對付的高人，擔心耳根子軟的丈夫又被說服，甚至可能來對付自己，所以才提出這三個條件要許宣答應。

　　讀者看到這裡，雖然法海尚未出場，也可以預見最後的重頭戲與重要角色要出現了！

　　果然，法海根本不認識許宣，只是在方丈座上遠遠的看許宣走過，便知道有問題，立刻叫侍者去追他，自己還走出寺外，到渡口去找他。

　　此時眾人都在渡口上，等待風浪平靜時才能渡江，偏偏對面卻飛也似的來了一艘船，這種違反常理的狀況，任誰也會覺得駕船的非妖即怪，又聽見法海大喝：

方丈當中座上，坐著一個有德性的和尚，眉清目秀，
圓頂方袍，看了模樣，的是真僧。

—《警世通言‧白娘子永鎮雷峰塔》

「業畜在此做什麼？」

從此以後，許宣再無遲疑，不再迷戀妻子的美貌，心中只充滿
了擔心妖精會害他的恐懼感。

在一般的妖精故事裡，總會有書生型的男主角，如許宣；貌美
溫柔的妖精化人女主角，如白娘子；也少不了以消滅妖精為己任的
收妖人，如故事裡法力不高明的終南山道士、許宣姐夫請來的抓蛇
人；當然，得道高僧法海，才是白娘子真正的對手。

抓妖人收妖，完全不論妖精是否害人傷人，就像法海只因一眼
看穿白娘子是妖精化人的本質，立刻便要他們夫妻分離，消滅白娘
子。這是因為對法海來說，異類傷人已經是根深蒂
固的觀念了，所以他說：「業畜，敢再來無禮，殘
害生靈！」

其實，白娘子她們只是來接許宣回去而已。從
白娘子跳船逃走的一幕，就知道白娘子害怕法海，
也根本不想殘害生靈。

65

奉勸世人休愛色！愛色之人被色迷。心正自然邪不擾，身端怎有惡來欺？但看許宣因愛色，帶累官司惹是非。不是老僧來救護，白蛇吞了不留些。

—《警世通言·白娘子永鎮雷峰塔》

　　許宣逃回杭州，和白娘子吵架翻臉之後，一向膽小的許宣萌生了自殺的念頭，幸好此時法海禪師出現了，教許宣如何對付白娘子。

　　充滿對白娘子恐懼的許宣，早已不顧念夫妻之情，拿著法海給的缽盂，就像握著救命的稻草，偷偷在白娘子身後當頭罩下。他遵照法海的吩咐，緊緊的按住，不敢鬆手，連聽到白娘子討饒的言語時也不再心軟了。

　　法海隨後持咒念經，並追問白娘子為何糾纏許宣，一聽說丫鬟青青也是妖怪，立刻施法術擒抓了來，跟白娘子關在一起。並奉勸人們千萬別因為沉迷美色而給自己惹來殺身之禍，就像許宣這樣平白無故的吃了官司。

法海說的「心正」、「身端」，就是要人們修養自己的心，保持正道，不起邪心。許宣雖然沒有李員外那樣好色的邪心，卻有迷戀美色、不顧一切的貪心，所以才容易被邪魔外道所侵擾。

　　法海的苦口婆心，也是做人處事應該遵守的準則。然而在這個故事裡，他固然正氣凜然，為世人除妖，但白娘子除了隱瞞自己是妖精的事實之外，其實沒有傷人或吃人的行為。法海聽了白娘子的哀求，仍然堅持妖精與人類不能在一起，只是念在她千年修煉不容易，沒有殺害她們，而是鎮壓下來，砌成一個塔。也因此，法海顯得鐵石心腸，少了那麼一點慈悲。

　　且看被打回原形的小白蛇，在桌上還「兀自昂頭看著許宣」。不知道此時的白娘子，到底是捨不得心中愛戀的許宣，還是怨恨丈夫沒有絲毫夫妻之情呢？

　　最後，許宣大概看破紅塵，決定出家拜法海為師，並且親自化緣，將鎮壓白蛇與青魚精的小塔砌成一座七層寶塔，也就是現今的雷峰塔。

當三言的朋友

《三言》，是明代作家馮夢龍所編輯的短篇小說集。所謂的「三言」，指的是《喻世明言》、《警世通言》與《醒世恆言》。這些故事的來源很廣，有的是來自說書人的話本，有的則是文人的創作，集結而成一百多篇寓意深刻的小故事。

其中，最廣為人知的故事之一，就是〈白娘子永鎮雷峰塔〉。這則故事受到後代讀者的喜愛，因而演變成許多不同的版本，不但讓白娘子的形象更鮮明，也讓這篇故事更完整。

可別以為古人都只是吟詩作樂的文人雅士！看看《三言》，說了許多庶民的故事，和當時城市裡人們的日常生活。除了一般的官吏士人，還有做小生意的賣油郎朱重、管理丐幫的首領金老大、機智勇敢的杜十娘、文思敏捷的蘇小妹，呈現了當時社會繁榮多元的樣貌。

《三言》之中，除了〈白娘子永鎮雷峰塔〉曲折的愛情故事，還有喜劇一般的〈喬太守亂點鴛鴦譜〉、只是補畫了鳥頭就當上江湖老大的〈李汧公窮邸遇俠客〉，還有以名人為主角的〈王安石三難蘇學士〉和〈蘇小妹三難新郎〉。

當《三言》的朋友，就像是接連看著一部部悲喜夾雜、妙趣橫生的電影，也像是結識了各路人馬，這些朋友的聰明機智讓你拍案叫絕，他們的霸道蠻橫讓你忍不住皺眉。可是，他們在艱苦的環境下，努力向上、以求得更好的生活，也會讓你感動不已。

穿越時空的藩籬，跨過文字的界線，翻閱這些故事，結識這些朋友，體驗他們苦樂摻雜的生活與趣味，你會發現這個年代其實和我們的生活相去不遠。

我是大導演

看完了三言的故事之後，
現在換你當導演。
請利用紅圈裡面的主題（白蛇），
參考白圈裡的例子（例如：法海），
發揮你的聯想力，
在剩下的三個白圈中填入相關的詞語，
並利用這些詞語畫出一幅圖。

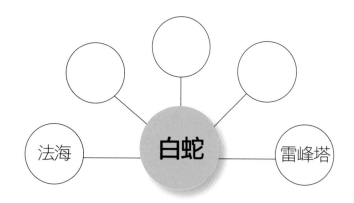

◎ 少年是人生開始的階段。因此,少年也是人生最適合閱讀經典的時候。這個時候讀經典,可為將來的人生旅程準備豐厚的資糧。因為,這個時候讀經典,可以用輕鬆的心情探索其中壯麗的天地。

◎ 【經典少年遊】,每一種書,都包括兩個部分:「繪本」和「讀本」。繪本在前,是感性的、圖像的,透過動人的故事,來描述這本經典最核心的精神。小學低年級的孩子,自己就可以閱讀。讀本在後,是理性的、文字的,透過對原典的分析與說明,讓讀者掌握這本經典最珍貴的知識。小學生可以自己閱讀,或者,也適合由家長陪讀,提供輔助說明。

◎ 【經典少年遊】,我們先出版一百種中國經典,共分八個主題系列:詩詞曲、思想與哲學、小說

001 世說新語　魏晉人物畫廊
A New Account of Tales of the World: Anecdotes in the Southern and Northern Dynasties
故事/林羽豔　原典解說/林羽豔　繪圖/吳亦之

東漢滅亡之後,魏晉南北朝便出現了。雖然局勢紛亂,但是卻形成了自由開放的風氣。《世說新語》記錄了那個時代裡,那些人物怎麼說話、如何行事。讓我們看到他們的氣度、膽識與才學,還有日常生活中的風雅與幽默。

002 搜神記　神怪故事集
In Search of the Supernatural: Records of Gods and Spirits
故事/劉美瑤　原典解說/劉美瑤　繪圖/顧珮仙

晉朝的干寶,搜集了許多有關神仙鬼怪與奇思異想的故事,成為流傳至今的《搜神記》。別小看這些篇幅短小的故事,它們有些是自古流傳的神話,有的是民間傳說,統稱為「志怪小說」,成為六朝文學的燦爛花朵。

003 唐人傳奇　浪漫的傳說故事
Tang Tales: Collections of Tang Stories
故事/康逸藍　原典解說/康逸藍　繪圖/林心雁

正直的書生柳毅相助小龍女,體驗海底龍宮的繁華,最後還一同過著逍遙自在的生活。唐人傳奇是唐朝的文言短篇小說,內容充滿奇幻浪漫與俠義豪邁。在這個世界裡,我們不僅經歷了華麗的冒險,還看到了如夢似幻的生活。

004 竇娥冤　感天動地的竇娥
The Injustice to Dou E: Snow in Midsummer
故事/王蕙瑄　原典解說/王蕙瑄　繪圖/榮馬

善良正直的竇娥,為了保護婆婆,招認自己從未犯過的罪。行刑前,她許下三個誓願:血濺白布、六月飛雪、三年大旱,期待上天還她清白。三年後,竇娥的父親回鄉判案,他能發現事情的真相嗎?竇娥的冤屈,能不能被聽見?

005 水滸傳　梁山好漢
Water Margin: Men of the Marshes
故事/王宇清　故事/王宇清　繪圖/李遠聰

林沖原本是威風的禁軍教頭,他個性正直、武藝絕倫,還有個幸福美滿的家庭,無奈遇上了欺壓百姓的太尉高俅,不僅遭到陷害,還被流放到偏遠地區當守軍。林沖最後忍無可忍,上了梁山,成為梁山泊英雄的一員大將。

006 三國演義　風起雲湧的英雄年代
Romance of the Three Kingdoms: The Division and Unity of the World
故事/詹雯婷　原典解說/詹雯婷　繪圖/蔣智鋒

曹操要來打南方了!劉備與孫權該如何應戰,周瑜想出什麼妙計?大戰在即,還缺十萬支箭,孔明卻帶著二十艘船出航!羅貫中的《三國演義》,充滿精采的故事與神機妙算,記錄這個風起雲湧的英雄年代。

007 牡丹亭　杜麗娘還魂記
Peony Pavilion: Romance in the Garden
故事/黃秋芳　原典解說/黃秋芳　繪圖/林虹亨

官家大小姐杜麗娘,遊賞美麗的後花園之後,受寒染病,年紀輕輕就離開人世。沒想到,她居然又活過來!這到底是怎麼一回事?明朝劇作家湯顯祖寫《牡丹亭》,透過杜麗娘死而復生的故事,展現人們追求自由的浪漫與勇氣!

008 封神演義　神仙名人榜
Investiture of the Gods: Defeating the Tyrant
故事/王洛夫　原典解說/王洛夫　繪圖/林家棟

哪吒騎著風火輪、拿著混天綾,一不小心就把蝦兵蟹將打得東倒西歪!個性衝動又血氣方剛的哪吒,要如何讓父親李靖理解他本性善良?又如何跟著輔佐周文王的姜子牙,一起經歷險的戰鬥,推翻昏庸的紂王,拯救百姓呢?

009 三言　古今通俗小說
Three Words: The Vernacular Short-stories Collections
故事/王蕙瑄　原典解說/王蕙瑄　繪圖/周庭萱

許宣是個老實的年輕人,在下著傾盆大雨的某一日遇見白娘子,好心借傘給她,兩人因此結為夫妻。然而,白娘子卻讓許宣捲入竊案,害得他不明不白的吃上官司。在美麗華貴的外表下,白娘子藏著什麼秘密?她是人還是妖?

010 聊齋誌異　有情的鬼狐世界
Strange Stories from a Chinese Studio: Tales of Foxes and Ghosts
故事/岑澎維　原典解說/岑澎維　繪圖/鐘昭弋

有個水鬼名叫王六郎,總是讓每天來打漁的漁夫滿載而歸。善良的王六郎會不會永遠陪著漁夫捕魚,好心會有好報嗎?蒲松齡的《聊齋誌異》收錄各式各樣的鄉野奇談,讓讀者看見那些鬼狐精怪的喜怒哀樂,原來就像人類一樣。

與故事、人物傳記、歷史、探險與地理、生活與素養、科技。每一個主題系列，都按時間順序來選擇代表性的經典書種。

◎ 每一個主題系列，我們都邀請相關的專家學者擔任編輯顧問，提供從選題到內容的建議與指導。我們希望：孩子讀完一個系列，可以掌握這個主題的完整體系。讀完八個不同主題的系列，可以不但對中國文化有多面向的認識，更可以體會跨界閱讀的樂趣，享受知識跨界激盪的樂趣。

◎ 如果說，歷史累積下來的經典形成了壯麗的山河，【經典少年遊】就是希望我們每個人都趁著年少探索四面八方，拓展眼界，體會山河之美，建構自己的知識體系。少年需要遊經典。經典需要少年遊。

011 說岳全傳　盡忠報國的岳飛
The Complete Story of Yue Fei: The Patriotic General
故事／鄒敦怜　原典解說／鄒敦怜　繪圖／朱麗君

岳飛才出生沒多久，就遇上了大洪水，流落異鄉。他與母親相依為命，又拜周侗為師，學習武藝，成為一個文武雙全的人。岳飛善用兵法，與金兵開戰；他最終的志向是一路北伐，收復中原。這個心願是否能順利達成呢？

012 桃花扇　戰亂與離合
The Peach Blossom Fan: Love Story in Wartime
故事／趙予彤　原典解說／趙予彤　繪圖／吳泳

明朝末年國家紛亂，江南卻是一片歌舞昇平。李香君和侯方域在此相戀，桃花扇是他們的信物。他們憑一己之力關心國家，卻因此遭到報復。清朝劇作家孔尚任，把這段感人的故事寫成《桃花扇》，記載愛情，也記載明朝歷史。

013 儒林外史　官場浮沉的書生
The Unofficial History of the Scholars: Life of the Intellectuals
故事／呂淑敏　原典解說／呂淑敏　繪圖／李遠聰

匡超人原本是個善良孝順的文人，受到老秀才馬二與縣老爺的賞識，成了秀才。只是，他變得愈來愈驕傲，也一步步犯錯。清朝作家吳敬梓的《儒林外史》，把官場上的形形色色全寫進書中，成為一部非常傑出的諷刺小說。

014 紅樓夢　大觀園的青春年華
The Story of the Stone: The Flourish and Decline of the Aristocracy
故事／唐香燕　原典解說／唐香燕　繪圖／麥震東

劉姥姥進了大觀園，看到賈府裡的太太、小姐與公子，瀟湘館、秋爽齋與蘅蕪苑的美景，還玩了行酒令、吃了精巧酥脆的點心。跟著劉姥姥進大觀園，體驗園內的新奇有趣，看見燦爛的青春年華，走進《紅樓夢》的文學世界！

015 閱微草堂筆記　大家來說鬼故事
Random Notes at the Cottage of Close Scrutiny: Short Stories About Supernatural Beings
故事／邱彗敏　故事／邱彗敏　繪圖／楊瀚橋

世界上真的有鬼嗎？遇到鬼的時候該怎麼辦？看看紀曉嵐的《閱微草堂筆記》吧！他會告訴你好多跟鬼狐有關的故事。長舌的女鬼、嚇人的笨鬼、扮鬼的壞人、助人的狐鬼。看完這些故事，你或許會覺得，鬼狐比人可愛多了呢！

016 鏡花緣　海外遊歷
Flowers in the Mirror: Overseas Adventures
故事／趙予彤　原典解說／趙予彤　繪圖／林虹亨

失意的文人唐敖，跟著經商的妹夫林之洋和博學的多九公一起出海航行，經過各種奇特的國家。來到女兒國，林之洋竟然被當成王妃給抓走了！翻開李汝珍的《鏡花緣》，看看他們的驚奇歷險，猜一猜，他們最後如何歷劫歸來？

017 七俠五義　包青天為民伸冤
The Seven Heroes and Five Gallants: The Impartial Judge
故事／王洛夫　原典解說／王洛夫　繪圖／王韶薇

包公清廉公正，但宰相龐太師卻把他看作眼中釘，想作法陷害。包公能化險為夷嗎？豪俠展昭是如何發現龐太師的陰謀？說書人石玉崑和學者俞樾，把包公與江湖豪傑的故事寫成《七俠五義》，精彩的俠義故事，讓人佩服！

018 西遊記　西天取經
Journey to the West: The Adventure of Monkey
故事／洪國隆　原典解說／洪國隆　繪圖／BO2

慈悲善良的唐三藏，帶著聰明好動的悟空、好吃懶做的豬八戒、刻苦耐勞的沙悟淨，四人一同到西天取經。在路上，他們會遇到什麼驚險意外？踏上《西遊記》的取經之旅，和他們一起打敗妖怪，潛入芭蕉洞，恣意冒險！

019 老殘遊記　帝國的最後一瞥
The Travels of Lao Can: The Panorama of the Fading Empire
故事／夏婉雲　原典解說／夏婉雲　繪圖／蘇奔

老殘是個江湖醫生，搖著串鈴，在各縣市的大街上走動，幫人治病。他一邊走，一邊欣賞各地風景民情。清朝末年，劉鶚寫《老殘遊記》，透過主角老殘的所見所聞，遊歷這個逐漸破敗的帝國，呈現了一幅抒情的中國山水畫。

020 故事新編　換個方式說故事
Old Stories Retold: Retelling of Myths and Legends
故事／洪國隆　原典解說／洪國隆　繪圖／施怡如

嫦娥與后羿結婚後，有幸福美滿嗎？所有能吃的動物都被后羿獵殺精光，只剩下烏鴉與麻雀可以吃！嫦娥變得愈來愈瘦，勇猛的后羿能解決困境嗎？魯迅重新編寫中國的古代神話，翻新古老傳說的面貌，成為《故事新編》。